Le miel d'Amandine

A Alban,
Aurian,
Baptiste,
Gaëtan,
Léo,
Mâtiss...
Et, bien sûr, Amandine !

C'était jour de marché au pays des abeilles. Les étals regorgeaient de fleurs aux teintes rose, pervenche, lavande, dragée, pistache, bouton d'or, coquelicot, menthe...

Les couleurs, les odeurs, s'entremêlaient : amande, chocolat, mimosa, crème à maman, chèvre-feuille, barbe à papa...

Les vendeuses hélaient les clientes :
Venez humer, venez goûter ces parfums de bois vert, de lilas tendre, de colchique des prés, de pomme de reinette, de clair de lune, de neige fondue...

Ce marché était vraiment un marché de très bon goût, où flottaient de délicieux parfums.

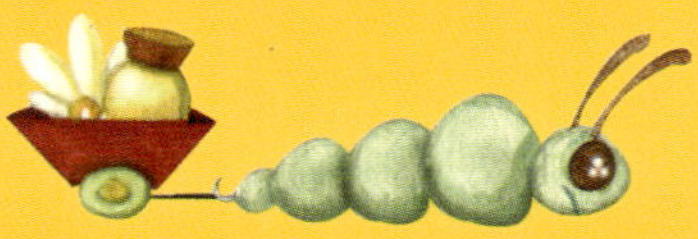

6€
Mer
Nuages
Or
Mousse
3
+2
5
2£
Lilas
Dragée
Rose
3£
Nuages
5€

Les abeilles acheteuses choisissaient
les couleurs,
les odeurs,
les saveurs qui leur plaisaient.
Ensuite,
elles repartaient dans leurs ruches
préparer leurs miels,
et chaque miel était différent.

Miel des amoureux
– Mimosa
– 1 nuage
– Pralines
– 2 bisous
Miel

Une jeune abeille, Amandine, ne voulait jamais aller au marché.
Elle était toujours seule et pleurait.
Au début, les autres abeilles s'arrêtaient de voler afin de lui demander ce qui la rendait si triste, mais elle pleurait toujours, encore et encore.
Quelques reines informées déclarèrent à l'unisson :
-Amandine a du chagrin à revendre.

Et les jeunes abeilles de répéter partout et encore :
-Amandine a du chagrin à revendre,
Amandine a du chagrin à revendre...

Un jour, elles vinrent la trouver et lui dirent :
-Puisque tu as plein de chagrin, viens avec nous sur le marché, tu le vendras !
Amandine les suivit en pleurant.

MIEL

Elle s'installa dans un coin reculé, le plus haut possible et se mit à pleurer de plus en plus. Peut-être avait-elle peur ou bien, ne voulait-elle pas vendre son chagrin ? On ne sait pas.

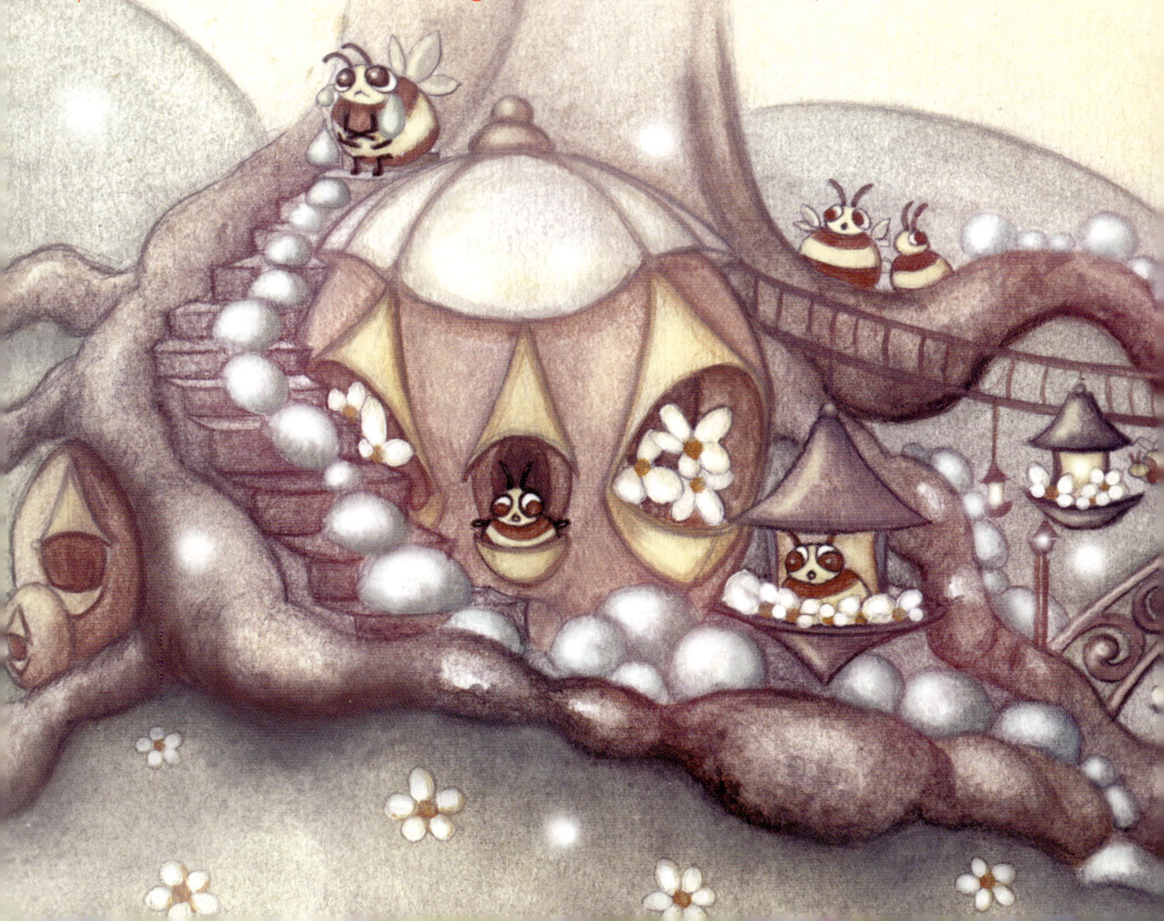

Elle pleurait tant et tant, qu'un mince filet de larmes glissa devant elle, se faufila entre les fleurs, serpenta à travers le marché, s'étira sur le sol tel un long collier brillant.

Des abeilles s'étonnèrent. Ce collier était splendide, on pouvait s'y mirer. Certaines osèrent le toucher. D'autres encore plus vaillantes le goûtèrent et une rumeur se propagea dans tout le marché :
une nouvelle saveur était là. Personne ne la connaissait.

Certaines déclarèrent qu'il n'y avait pas de mot pour en parler, d'autres en goûtant ces perles se mettaient à rêver en se balançant lentement. D'autres, au contraire, s'agitaient et riaient très fort. Toutes se posaient la même question :
-Que peut devenir notre miel si nous ajoutons cette saveur ?

Intriguées, beaucoup d'abeilles
suivirent le collier miroitant
et arrivèrent près d'Amandine
qui, surprise, cessa de pleurer.
Chacune la complimenta pour
cette saveur inconnue.
A leur demande,
elle offrit quelques perles
de ses larmes
pour les donner à leurs reines.

Ce fut une révolution.

La plus ancienne des reines déclara que cette saveur avait un goût d'enfance, un parfum de mer, une couleur cristalline. Elle ne lui donna pas de nom.

Mais depuis cette découverte, toutes les abeilles qui aiment bien cuisiner savent qu'il faut une pincée de sel pour bien sentir la douceur.

Amandine pleure encore quelquefois, mais juste ce qu'il faut pour sentir le bonheur.

Fin